銀の炎

Suzuki Mitsuko

鈴木光子句集

ふらんす堂

序に代えて

本句集は作者の約三十五年の作品を収めた第一句集。すでに平成二十一年にアンソロジー『四季吟詠句集　23』（東京四季出版）に参加してはいるが、まとまった個人句集としては一冊目である。私自身、若い頃からの「秋」の俳句仲間としてご一緒してきたので、今回作品を改めて見渡すに歳月の速さと懐かしさに感慨一入である。

作者は、若い時から静かな行動派で、国内はもちろん世界の各地へも足を伸ばして異国の文化風景にも接しつつ、時代の流れを見つめてこられた。ロシアや中欧東欧などがカバーされているのも特色であろう。作風は、内面風景の句も含めて、全体的に抒情的である。特に、先師・文挾夫佐恵から学んだことが大きいかと思う。

作者の初期の句には、写生句も多いが次第に客観から主観へと重心を移していく。作者本来の感性が自然に文体的変化を求めたのであろう。ここをベースにして、以降の作者の俳句世界が展開されていく。

糸とんぼ縫うては返す草の風
夜の秋アリア透きゆく森の館
雲悠々歩荷の深息うすゆき草
なぶられてひと葉秋雨を狂ひ舞ふ
赤とんぼ眼を伏せて過ぐ地獄の門
何喰はぬ貌向けて来る青蟷螂
水琴窟の音より生まれ蝸牛

出発点ともいうべき第一句は主張は実に穏やかだが、糸蜻蛉と微細な風と草の綾なすしずかな交歓が伝わる。自然の命同士の交流の姿をズームアップしたような平穏で健やかな句である。第七句は、水琴窟の近くに蝸牛を見ただけの句であろうが、そこから蝸牛の出生へと想像を届かせた。水琴窟の音を聞きながら、この蝸牛は幸福な幼少期を過ごしたのであろう。独自な個性の感じられる句である。

次に、全編を通して目立つのは、当時の「秋」の風潮もあるが、よく各地に足を運び吟行を重ねていることである。これは、石原八束・文挟夫佐恵を範としたものであろう。師の秀品の風景を追いかけるように、見知らぬ風土や文化を各地に訪ねたのであった。

早池峰の比売神降り来河鹿笛

樹氷《アイスモンスター》黙し棋峙せる蔵王の威

尾瀬守りの墓に雲垂れ濃竜胆

終バスを逃がし信濃に天狼と

身の青むまで珊瑚の海を夏帽子

島唄も織り積み冬の杼の静か

各句とも風土への関わり方が柔軟に描かれている。四句目は、その後どうなったのであろう。天狼が標を成してくれたか。山里の人が助けてくれたか。私も初めて隠岐を訪ねた時、限りなく歩いていたら島人が助けてくださったことがあった。五句目は、沖縄の豊かな海にたっぷりと癒された作者の心がよく見える句である。島唄の句は、直後の〈音秘める奄美時雨や紬織る〉から、同じ奄美での作と思われる。「島唄も織り積み」に歳月を含んだ抒情が通う。

一方、海外詠を引いてみよう。本句集では、海外詠は各章の最後に年代を付してまとめて並べておくことにした。いずれの旅吟にも各地特有の文化や生活感が手際よく描かれている。

コートの背大聖堂《ドゥオーモ》の懺悔台に消ゆ
聖母子像に冬日届かぬ洞窟《キリ》教会《セ》かな
鼻と鼻寄すマオリの挨拶爽気たつ
炎天や人交ふ辻のドラキュラ像
極月の森びと象の芸と生く
アオザイは風の衣や稲青む

順にフィレンツェ、トルコ、ニュージーランド、ルーマニア、タイ、ベトナム。もちろん異国の風景句もよいが、数は少ないものの生の人間が出てくる句が生活感とともに私は好きである。もっとも、たとえば古い建造物にしても、長い歴史や文化の中で築かれたものであり、人間の夢や欲や祈りや労力が絡んでいる。過去と現代の交差の中で新たな風景の生命感を引き出すことも海外詠の楽しみであろう。

さて、ここで作者の日常詠を探ってみよう。

癌告げ得ぬ今日も芙蓉の雨となる
管の這ふ術後の眠り虫の闇
かの人は来ずなり蛍の夜を病めり
砂日傘生者も霊もひとつ海
麦星や夫なき書斎より仰ぐ
星合ひの夜なり孤舟を漕ぎ出さむ
霧氷咲く生者より死者恋しき日

これら句集前半の一連の作の主題は、あとがきに作者が短く触れているご主人の他界であろう。記されるにも辛かったであろうが、記録としてしっかり句集にも収められたのである。個人的な死が、やがて生者・死者、生者・霊という、より広やかな共存の世界へと開かれていくところに共感する。

また、次の諸作は作者自身の活動を含めての日常詠である。第一章では、〈蟻の列ひとりぼつちの子を避けて〉〈膝の子のひざの絵本や軒風鈴〉〈毬蹴つて転ぶ子噴水見て起てり〉など子どもの句も微笑ましいが、句集後半には、

客去りし間に侘助の一枝かな
看取り通ひの夕景の虹の橋
迎へ火の母来て灯す胸の闇
悲しき日はピアフの歌を寒月光
熱帯魚と泳ぎし日の斑老深む

などのご自身と亡き母の句を残されている。四句目のエディット・ピアフの句は虚

飾ない心の叫びを寒月光の下に照らし出していて特に共感した。別に〈シャンソンも安保もはるか枯葉径〉もあるので、シャンソンは作者にとって青春時代から心の支えの一つであったのかもしれない。五句目の「老」の在り方にも、作者らしい追憶の甘さが通う。いずれも抒情的な句柄である。尚、あとがきに記されているように、作者の視覚障害者向けのボランティアに関わる〈手に重き点字賀状の白一葉〉〈背を正し区報録音秋澄めり〉の二句も貴重である。

さて、全編を通して、これまでの句の流れの上に、内面風景を季語に映して暗喩的に表白した句も見られるのが作者の俳句のもう一つの側面である。

好き嫌ひ言へぬ身を曳く秋の蔓
小さき炎の自負風に立つ吾亦紅
ひと恋へば銀の炎をあぐ霧氷林
梔子の白満つ傷みし色の満つ
渚に立つ躬の夕霧にあらがはず

いずれも感情をあらわに出さず季語に託しながら独自のイメージを描いている。三句目は、人を恋う情念の炎が、霧氷林のしろがねの炎へと大きな広がりを見せる詩的な句である。

加えて、作者には擬人化を含めてユニークな諧謔やユーモアの世界もある。

凭れたき背な黄泉にあり夜の梅
だんまりはやさしき拒絶ひきがへる
蟷螂の目に逃げ腰を捉へらる
天鈿女の舞の無骨や蟇の夜
数式は嫌ひ雪にシュプール描きをり
靱帯の損傷一瞬みみず鳴く

一句目は、亡きご主人への夫恋句かもしれないが、「背な黄泉にあり」の距離感の大きさはあまりに痛切。しかしながら、「夜の梅」の花の明りが緩衝材のように傷心を和らげてくれる。奥行きのある印象的な抒情句である。

さらに、句集後半に進むにしたがって、社会批評・時代批評をこめた句も多くなってくる。これも作者の俳句世界の特徴になっている。

人の死に花の汚染区ゲート越ゆ
春耕や目前《まさか》に汚染土嚢《フレコンバッグ》累累
蟇の死をゴミとす風の震へをり
中村哲の凶報寒き夜を穿つ
故郷去る民の靴音追ふ枯葉
地球覆ふ兵器まんだら星河冴ゆ

時事句は避ける向きもあるが、第三者的とはいえ私自身は問題に向き合いながら詠む立場でもある。もちろん、マスコミの情報のみで組み立てるのではなく、自分の感情の模様を確かめ、詩を意識しながら想像力も駆使して。三句目は、本来生命を持った生き物である蟇蛙であるのに、死んだらゴミ出しにされてしまった。生命を粗末にする非情な現代社会を痛烈に批判したような句であり、つまるところは人間批評の句でもある。

最後に、作者の現代詩的な句を引いておこう。

銀河濃し死とは日時のなき切符
アートめく臓器の画像雪もよひ
詩の森の竜骨繰りぬ青葉木菟

最後の句は、詩の渉猟者としての自負を象徴的に詠んだ句。青葉木菟が詩の神のように見守っていてくれる。作者の詩の舟はどこへ向かうのであろうか。更なる新世界へ出ることを期待しながら、今後の展開を楽しみに見守りたい。何よりもご健筆を祈り筆を擱く。

二〇二四年一月吉日

「秋」主宰　佐怒賀正美

銀の炎／目次

句集

銀の炎

第一章

一九九〇年～一九九七年

緩やかに憂き世をそれて半仙戯

古樹の空洞《ほら》おほひ千筋の滝桜

滝桜坐売りほまちの紙人形

滝白き炎となり迸る月の山

水澄めり反古の日月風のまま

眼の手術終へし子を看る真夜の雪

雪つむや夜の看取りの耳鋭し

機首上げし影や上総に麦を踏む

陸奥史館舟徳利に桃の花

糸とんぼ縫うては返す草の風

初夢に在所の義母を給はりぬ

デイケアの書道花まる初稽古

髭を剃る病者の背なや冴返る

夜の秋アリア透きゆく森の館

癌告げ得ぬ今日も芙蓉の雨となる

管の這ふ術後の眠り虫の闇

終章を残し雨聴く秋灯下

好き嫌ひ言へぬ身を曳く秋の蔓

銀漢や風はオルフェの竪《リ》琴《ラ》なして

銀河濃し風の八ヶ岳行者小屋

三島宿の朽ちし品書き石蕗の花

輪のゆらぐかごめかごめや花辛夷

老母に添ふ在所の堤春惜しむ

囀やこんぴら歌舞伎の幟旗

蟻の列ひとりぼっちの子を避けて

クリスタルの空あり尾瀬のひつじ草

雲悠々歩荷の深息うすゆき草

葦切や雲とぶ渡良瀬棄村あと

捩り花不縁の恋に拗ねてゐる

走り梅雨杉の北山動きくる

早池峰の比売神降り来河鹿笛
ブロッケン現る朝焼けの神の岳

胡弓消え闇立ち上る風の盆

手に重き点字賀状の白一葉

闇を往く白杖冬を響かせて
花辛夷父をも越せと肩車

緑照り紅濃く椿歓喜告ぐ

膝の子のひざの絵本や軒風鈴

毬蹴つて転ぶ子噴水見て起てり

背を正し区報録音秋澄めり

拳ほどの無人駅舎の鏡餅

影曳きて侘助落つる好文亭

母座るいつも独りの冬座敷

病棟の津軽言葉や牡丹雪

深山蝶風の落葉松抜け来たる

津波の碑梅雨の男鹿岬なまり色

卯浪の尾崖をなぶるや男鹿の岬

郭公や沢の精透く甲斐の国

娘の耳輪神輿とゆるる三社祭

葡萄熟るる夕べ厳しき八ケ《やつ》岳連峰

ロシア　五句（一九九五年）

トルストイの遺稿窓辺に落葉降る

ネバ川の霧に革命経し巨艦

銃痕のこるイサク寺院や秋気澄む
エルミタージュ白夜に青く鎮もれる

秋麗の武器庫に王妃の飾り馬車

中欧　四句（一九九六年）

白雨のビータ大聖堂や地下墓の灯

日の街のカフカ家紋章蜘蛛垂るる

紋章は地番の代わり

忘れな草雨のドナウの船着場

オペラ座の夏の夜「ホフマン物語」

ベニス・フィレンツェ　四句（一九九七年）

残る鴨ベニスの潟の死者の島

仮面《マスケラ》の倒錯渦なす謝肉祭

コートの背大聖堂《ドゥオーモ》の懺悔台に消ゆ

「最後の晩餐」修する足場凍てをりぬ

ニューヨーク　二句（一九九七年）

着ぶくれてマンハッタンの灯に噎ぶ

ブルーノートのジャズに酔ふ夜の更けて雪

第二章

一九九八年〜二〇〇三年

破魔弓や子の放つ問ひ矢継ぎ早

軒氷柱なまはげの面《つら》どかと在り

紙漉くや空のくらさの墨流し
氷雪の雲母込め越に紙を漉く

鉱山も昭和も遠ちに雪嶺たつ

雪嶺や夕張を灯の一輛車

言訳の嘘のひとつに悴めり

凭れたき背な黄泉にあり夜の梅

柳絮舞ふ古利根川の釣小舟

象潟の雨の遊子や蝸牛

幾春秋めぐりし今朝の柿若葉

山端ゆく那珂川巨き簗すわる

黒羽や夜陰の句座の涼しさも

平家蛍の火垂るいのちを掬ひけり

かの人は来ずなり蛍の夜を病めり

火蛾乱舞わが性火より水を恋ふ

落蝉を野仏の手に托し来ぬ

漂泊の魂や岸辺の群れ蛍

なぶられてひと葉秋雨を狂ひ舞ふ

かなかなに耳貸し詩歌の眼閉づ

枯ざまに蟷螂の倚る山の墓

飽食の世の庖丁を寒く研ぐ

法螺吹きの大口見たり鮟鱇鍋

てのひらにのせ祈りとす日記果つ

白肌の葱の声して切られけり

老いといふ積木崩しや霜柱

霜の洞暗澹の青ひかりごけ

天邪鬼棲まはせてをり鬼やらひ

遺骨さへ無くて三月十日の忌

水温む民十万の戦禍の碑

四月馬鹿本音で生きて息苦し

生きし証のこらぬもよし遠花火

揚花火遠ちにテロあり業火あり

遠花火吊られしままに背広古る

雨蛙跳んで所在を明しけり

ダム湖抱く山の沈思や山毛欅若葉

啓蟄やガレージセールの三輪車

啓蟄やためらひ癖の老いてなほ

いつか身の崩るる不安冷奴

浮巣離る丈余の葭に風立ちて

穂芒や日ごといのちの軽くなる

詩にならぬ言葉ほろほろ秋海棠

家苞に東寺の香《かう》を初時雨

砂日傘生者も霊もひとつ海

だんまりはやさしき拒絶ひきがへる

八束忌の時空のかなた河鹿笛

赤とんぼ眼を伏せて過ぐ地獄の門

小さき炎の自負風に立つ吾亦紅

ムックリか風か身にしむ北の岬
鮭颪火を敷きつめしサンゴ草

八束句碑離るれば鷹の羽音かな

凩の仏都高野に夜の写経

沈思のままに襟立て出づる俳優座

ユキヒョウの保護種のいのち雪像に

風の刃が刻む雪紋蔵王岳

樹氷《アイスモンスター》黙し棋峙せる蔵王の威

ドイツ・スイス　三句（一九九八年）

レマン湖の帆柱となるジェット噴水

冴返る白鳥城の王湖に死す

アイガーの肩に新田次郎碑春の雪

トルコ　四句（一九九八年）

聖母子像に冬日届かぬ洞窟教会《キリセ》かな

古代都市《エフェソス》の時空さまよふ乾つ風
トロイの木馬枯野に何を語らむと

夜陰のショーのベリーダンスや眼冴ゆ

スペイン　五句（二〇〇〇年）

ラマンチャの風車火を噴く秋落暉

秋麗や宙に遺構の水道橋

秋天へ永遠に未完のサグラダファミリア

ジプシーの洞窟《クエバ》に踊る赤き月
シェラネバダより王宮へ星流る

ポーランド　三句（二〇〇一年）

秋草のアウシュユビッツや風の哭く

霧冷えのショパンの街の熱きチョコ

ワルシャワに観る9・11テロ冷まじや

第三章

二〇〇四年～二〇〇八年

うすらひやオカリナ風に親しくて

蝌蚪の国不思議おぼえし日の遠し

無と書きて辞世のことば夕桜

手に馴染む遺愛の万年筆《ペン》や春深し

曳きゆくは慢心のかげ春灯

のぞき見し死期の顔とも薄氷

修二会いま闇の衆生へ火の散華

藤ゆるる黒髪重き日の遠し

麦星や夫なき書斎より仰ぐ

庭下駄に男女左右なし白雨過ぐ

星合ひの夜なり孤舟を漕ぎ出さむ

蟷螂の目に逃げ腰を捉へらる

何喰はぬ貌向けて来る青蟷螂

喝采もなく世を退り蛇穴に

冷まじや廃仏受難の仁王の眼

秋の蛇女身沈みし秋扇湖

ぶな黄葉散りゆく風を選びをり
客去りし間に侘助の一枝かな

ほどほどに目出たし賀状と齢の嵩

神籤より己れを侍む初鏡

高齢てふ艶なき括り亀鳴けり

鳥獣戯画の墨寂ぶる寺春の蟬

夜の秋髪梳くごとく筆洗ふ

草の露ここを離れて生き得るや

剝落の弥陀の半眼名残り雪

薄氷の底に日の斑と雑魚のかげ

飾り扉の木偶の私語聞く阿波暮春

穂をゆらす風が幸よぶ麦の秋

雪舟画の達磨の眼光雷兆す
看取り通ひの夕景の虹の橋

羅や飛天の艶に遠けれど
八束忌の追ふも仮幻の詩の轍

四書五経講じ三百年や堂涼し

いつも同じ老母の会話吊忍

蜻蛉も夫も行き先告げぬまま

尾瀬守りの墓に雲垂れ濃竜胆

望郷や貼り絵のやうな冬景色

冬麗や砂礫踊らす伏流水

霧氷咲く生者より死者恋しき日

散骨の誰ぞ来てをり霧氷林

スルタンの剣の彩り青蜥蜴

大利根の風のフーガの夏柳

揚羽追ひ詩神を尋めて飛鳥かな

ひとつの死幻想ならぬ五月闇

紫陽花の輪舞や青き雨しきり

防潮堤の高きが空し盂蘭盆会

ぎんやんましほからあかね子の遠し

山小屋の屋根に夜具干す秋あかね

仮死の森霧氷の白き炎が包む

ひと恋へば銀の炎をあぐ霧氷林

山なみは駱駝の瘤や花辛夷

合歓の花刻を遡上の櫂の音

詩を生むは倦まぬことなり文琴忌

自負すでに風に蓬けし白芒

凩や戻らぬ家に錠を鎖す

灯の入りて風も呼び込む酉の市

煤逃げや夫なき後の遊び癖

猪鍋やをとこ情濃し夜陰濃し

裸木の嗚咽や炊出しの列に

第四章

二〇〇九年～二〇一二年

朝刊が届き寒き世動き出す

山眠る終の眠りも視座のうち

雪時雨黒塀に沿ふ武家屋敷

黒手套慈悲と業とを握りしむ

放鷹の真澄みの空や四方の春

十七代宗家弓手に鷹据ゑる

地の神の幸の言触れ節分草
初蝶や歓喜の翅を休ませず

指揮棒の繰り出すボレロ春怒濤

囀や野に来て誰もゐぬベンチ

春潮や隠岐の百島ゆらしゐる

芽柳や千筋の枝の千の風

預かりし嬰とままごと遊蝶花

青蜥蜴臆病風が走らする

家訓遺訓持たぬもよろし菖蒲の湯

足止めてあしなが募金新樹光

千年の祭や五百騎夏野馳す

陣《ぢん》螺《がひ》や戦さ絵巻の夏野沸く

オーケストラの調弦よりの夜涼かな

白玉や約束反古の白き午後

白玉や逢うてお世辞のいらぬ仲

どの神の涙のしづく葡萄吸ふ

検診は黄泉への関所つくつくし

月山の暁の祈りや池塘澄む

牡蠣すする海にせり出す夜のテラス

牡蠣殻の山に月光乳のいろ

着古しのいのち綻び若葉寒

花ざくろ欄間彫師の指の傷

病案ずる便り認む夜の秋

迎へ火の母来て灯す胸の闇

椅子五脚空し孤食の虫時雨

裸木の亡者街路の灯に現る

「乞食芝居《ベガーズオペラ》」観ての街騒寒昴
行間の哀歓うねる日記果つ

春隣句を持て集ふ白寿の賀

煙霞癖ありて秘境に聞く夜鷹

照る鉄路遮断機炎天より降り来

神神は抱擁が好き夏神楽

岩戸神楽梅雨の天地を震はせぬ

天鈿女の舞の無骨や蟇の夜

違法建築拒む署名や秋暑し

遠吠えも銀河も浴びて山泊り

写経なる夫への相聞月おぼろ

麦の秋愚直をとほしいのちなが

紫陽花の藍はカルデラ湖の飛沫
空蟬の琥珀たましひ還る場所

氷面鏡くだきて己れ解き放つ

「キャッツ」観しブロードウェイや雪時雨

花の夜の墨しみてゆく新《さら》の筆

凌霄花詩人悼みて揺れやまぬ

一徹の冷気に逢ひぬ男滝

山栗を言葉がはりに五・六粒

浮寝鳥わが影淵を徘徊す

数式は嫌ひ雪にシュプール描きをり

爪立てて日をむさぼりぬ冬木の芽

天が下棚田ごとある蝌蚪の国

足るを知る齢となりぬ冷奴

向日葵の夜はざわざわと闇ゆらす

花木槿鵜匠の庭の粗目籠

凍裂や兵の嗚咽の八甲田《はつかふだ》山

強がりの歳月かげる冬帽子
モジリアニほどの細首毛皮ぬぐ

年果つる野にあり放射線量計

ニュージーランド　四句（二〇〇九年）

鼻と鼻寄すマオリの挨拶爽気たつ

霧動き眼下氷河の蒼き帯

洞窟の闇に涼よぶ土ぼたる

氷河谿《フィヨルド》の飛瀑壮大なる楽章

ギリシャ　五句（二〇〇九年）

野外劇場涼し演じ継がるるギリシャ劇

エピダウロス遺跡

パルテノン神殿蟬のコロスは天涯へ

夏天眩し王を殺めし妃の墳墓
ミケーネ遺跡

クレタ島の大瓶《ピトス》より湧く夏嵐

地下迷宮《ラビュリントス》の闇より現れし揚羽蝶

クレタ島

ブルガリア・ルーマニア　三句（二〇一〇年）

炎天や人交ふ辻のドラキュラ像

翠陰の教会施錠と銃痕と

リラの僧院驟雨の中に沈みゆく

第五章

二〇一三年〜二〇一八年

西方へ漕ぐ舟ならむ半仙戯

震災を語らず人も春も逝く

人の死に花の汚染区ゲート越ゆ

蝶に鱗粉セシウムに着る防護服

春耕や目前《まさか》に汚染土嚢《フレコンバッグ》累累

文挾夫佐恵先生

蛇笏賞の師に凌霄の歓喜の炎

虚心とは魚になること水の秋

星連れて帰る流灯見とどけて

遺稿となりし編集後記月おぼろ

暖かや視野をはみ出す鳳凰堂

土偶より糸遊生まれ戯れる

桜満開友に空け置く今日の句座

母の日や追憶の扉を開けておく

聞書きの戦後の暮しひまはり黄

バレエ「海賊」夏の怒濤となる拍手

揚羽蝶島の軒端の潜水服

梔子の白満つ傷みし色の満つ
森の奥へおくへと誘ふ黒揚羽

たてがみの汚れ百獣の王の秋

秋雲と語りてキリン聖者のごと

坐禅組むゴリラ色なき風を着て

秋日燦クレオパトラの眼チーターの眼

シャンソンも安保もはるか枯葉径
悲しき日はピアフの歌を寒月光

悋ふれば咳も世間も息苦し
世を拒むかに冬帽子目深にす

原発なき未来図いまだ冬の蝶

鷹統べる弥彦や指呼に佐渡島

葛湯吹く季寄せと思念脇に寄せ
うす濁る雨後の奥入瀬黒とかげ

水琴窟の音より生まれ蝸牛

嫉妬のごとき線状降雨去りて虹

藍浴衣星みるための椅子ひとつ

夏嵐廃校に風の又三郎

盆唄や彦三頭巾に篝の炎

新米のおむすび夜更けの医学生

悪知恵も善意もひとに神無月

極月の句座ひとつ閉づ鍵の音

終バスを逃がし信濃に天狼と
立夏かな沖縄グラスの小さき海

亀甲山古墳に百合の白き魂

街をゆく杖もファッション薄暑光

蔓の死をゴミとす風の震へをり

冷房の句会しづかに沸点へ

皺波の鷺は動かず風の茅

風韻の墓碑銘「黄瀬」や雁渡し

鞦帯の損傷一瞬みみず鳴く

銀嶺に傘寿のスキー置く夕べ

アジアンクルーズ　三句（二〇一三年）

物乞ひに釈迦に喜捨せる小春空

極月の森びと象の芸と生く

冬北斗旅の終りの晩餐会

ベトナム　四句（二〇一六年・二〇一七年）

神の配置の奇岩涼しやハロン湾

アオザイは風の衣や稲青む

夕焼のハノイ戦さの泥の川

日盛りのホーチミン廟白光す

第六章

二〇一九年〜二〇二三年

中村哲の凶報寒き夜を穿つ
裸木の嗚咽虚空の星となる

松葉蟹足掻き止むるや耀値つく

遠景の岸辺の契り遊蝶花

好きといふだけの俳歴のうぜん花

詩を愛し詞に疲るるも文琴忌

氷菓食ぶ藍の風たつカルデラ湖

車道はや踊り太鼓の夜となりぬ

岩波ホール消ゆ夕霧の神保町

曖昧な日日に立冬なる楔

イマジンの清河世をゆく十二月

香月展の「シベリア」の黒眼《まなこ》居《ゐ》凍つ

マフラーをいのちこぼさぬやうしかと

嫁が君古書肆の主と深き仲

会食を端折り接種へ白雨なか

大文字消えて疫禍の世に戻る

啄木鳥のカスタネットに舞ふ樹相
故郷去る民の靴音追ふ枯葉

十字墓標あまた穂麦の風わたる

身の青むまで珊瑚の海を夏帽子

陽は真上勝ち負けのなき水鉄砲

戦さ語ればこころの渇く熱帯夜

逃避ごころにガジュマルの風涼し

戦災木の樹冠かすめて鷹渡る

銀河濃し死とは日時のなき切符

蜻蛉の浮遊や牧神《パン》を待ちゐたる

蓑虫や目前に古色の悔ゆらぐ

渚に立つ躬の夕霧にあらがはず

パソコンに疎きもよろし月に四季

皮手套死者の手のごと合せ置く

磔刑像なるガラスのランプ吐息冴ゆ

ラリックの庭に瑠璃たたむ冬の蝶

島唄も織り積み冬の杼の静か

音秘める奄美時雨や紬織る

アートめく臓器の画像雪もよひ

梟鳴く集中治療室の闇

分身の雪女ゐる手術台

術後の幻視いつしか失せし遠雪崩

冬を病むのちは珊瑚の海の魚

毛糸編む仕上りを待つ人のゐて

寒牡丹朝のビュッフェに孫と娘と

爽涼や香煙も面影と宙へ

追善の閑話しだいに夕霧へ

野性削がれし吾見ゆ動物園は秋

銀杏散る金の街路を覇者のごと
凍て壁に影のハンナ・アーレント

月光に冴ゆバンクシーの壁画
地球覆ふ兵器まんだら星河冴ゆ

手花火のちりちり砲火地を這へり

詩の森の竜骨繰りぬ青葉木菟

カヌーしばし満潮のマングローブの下

熱帯魚と泳ぎし日の斑老深む

来世占ふ白曼珠沙華野に摘みて

あとがき

俳句を始めて三十有余年、米寿を機にいつも暮しの傍らにあった俳句を句集に編みたいと思いました。

改めて自分の句歴を辿ってみました。初学の頃は石原八束先生でした。格調高いお句に憧れると共に、自分はここに居て良いのだろうかと不安を覚えた事もありました。句座の緊張感と共に同道させて頂きました旅行も、今は懐かしく回想に耽る事もしばしばです。その後を継がれた文挾夫佐恵先生は、知的でしなやかな感性の作品と共にお人柄も魅力的でした。晩年の洒脱な句の数々に圧倒されました。そして現主宰の佐怒賀正美先生のお句は発想の豊かさの際立つ作品で羨望を覚えます。この様に全く個性の異なる三人の師の下に勉強させて頂きました幸運を嚙みしめております。

また現代俳句協会の会員として「秋」以外の結社の方々との吟行句会も大いに刺戟となりました。

この句集には海外詠も多く取入れました。外国の風を肌で感じた、その実感を記録に留めたいと思いました。

夫の死後、糸の切れた凧のように出歩いた自分に苦笑を覚えます。また、俳句を始める前より参加していたボランティアグループがあります。そこで視障害者のための音訳を四十年程続けてきました。俳句と共に私の生活の一部というより全てでした。どちらも好きというだけで続けてきました。

そして今、病院通いの中で慌しく句稿をまとめる事になりました。

佐怒賀正美主宰には選句をはじめ発刊までの全てにわたり大変お力添えをいただきました。その上、身に余る序文までも賜りまして心よりお礼申し上げます。句友や家族の心強い声援もあり続けられ、句集の上梓の叶ったことを嬉しく思います。

最後になりましたが、ふらんす堂の皆様はじめ、句集の出版に関わられた全ての方々に心より感謝申し上げます。

二〇二四年一月二二日

鈴木光子

著者略歴

鈴木光子（すずき・みつこ）

昭和10年　東京都生まれ。

昭和60年　「秋」入会。

平成21年　『四季吟詠句集　23』
（東京四季出版・共著）に参加。

現　　在　「秋」無鑑査同人。
一般社団法人現代俳句協会会員。
東京都区現代俳句協会幹事。

現住所　〒165-0031　中野区上鷺宮1-4-6

句集　銀の炎　ぎんのほのお　第三次「秋」叢書9

二〇二四年五月二七日　初版発行

著　者——鈴木光子

発行人——山岡喜美子

発行所——ふらんす堂

〒182-0002　東京都調布市仙川町一—一五—三八—二F

電　話——〇三（三三二六）九〇六一　ＦＡＸ〇三（三三二六）六九一九

ホームページ　https://furansudo.com/　E-mail　info@furansudo.com

振　替——〇〇一七〇—一—一八四一七三

装　幀——君嶋真理子

印刷所——三修紙工㈱

製本所——㈱渋谷文泉閣

定　価——本体二六〇〇円＋税

ISBN978-4-7814-1643-4　C0092　¥2600E

乱丁・落丁本はお取替えいたします。